VENTE
du
MARDI 17 FÉVRIER 1903
HOTEL DROUOT
**Salle n° 6, à 2 h. 1/2**

# Collection de M. BODINIER

* * *

# TABLEAUX

## ANCIENS et MODERNES

## Aquarelles

## Pastels et Dessins

*Exposition*

**Le Lundi 16 Février 1903**

*

# Collection de M. BODINIER

CATALOGUE

DES

# TABLEAUX

## Anciens et Modernes

## Aquarelles, Pastels et Dessins

DONT LA VENTE AURA LIEU

HOTEL DROUOT, SALLE N° 6

*Le Mardi 17 Février 1903*

à deux heures et demie

**EXPOSITION PUBLIQUE : le Lundi 16 Février 1903**

d'une heure et demie à cinq heures et demie

Me LAIR-DUBREUIL
COMMISSAIRE-PRISEUR
6, rue de Hanovre

M. Henri HARO
PEINTRE-EXPERT
14, rue Visconti et rue Bonaparte, 20

1903

## *CE CATALOGUE SE DISTRIBUE*

A PARIS, CHEZ

| Mᵉ LAIR-DUBREUIL | M. HENRI HARO |
| --- | --- |
| COMMISSAIRE-PRISEUR | PEINTRE-EXPERT |
| 6, rue de Hanovre | 14, rue Visconti et rue Bonaparte, 20 |

---

## CONDITIONS DE LA VENTE

Elle sera faite au comptant.

Les acquéreurs payeront ***dix pour cent*** en plus du prix d'adjudication.

# PRÉFACE

*Bodinier vend sa collection !*

*Chez le commun des mortels, cette nouvelle ne provoquera pas un déchaînement de curiosité; mais chez les Parisiens des deux mondes qui ont fréquenté le célèbre théâtricule de la rue Saint-Lazare, cette vente aura toute l'importance d'un événement.*

*Cela nous reporte au temps, pas très lointain, où Bodinier régnait en sa Bodinière. Pendant plusieurs années, tous les artistes en renom, tous les auteurs, tous les conférenciers, passèrent par la salle coquette que l'ancien secrétaire général de la Comédie-Française avait aménagée. On y fit de l'art, et du meilleur; d'aucuns y connurent le premier sourire de la gloire. Le succès, pendant de longues années, sembla avoir élu domicile en l'hospitalière maison. Tandis que le théâtre à toutes les heures du jour presque, appelait une assemblée choisie, la galerie qui y conduisait offrait ses murs à des expositions qui souvent furent d'un très vif intérêt. Et dans les salles placées à l'étage au-dessus, salles qui constituaient le local de la Direction, Bodinier avait organisé son musée particulier.*

*Tandis qu'on attendait le maître de céans, appelé sur la scène, ou ailleurs, on avait tout le loisir d'examiner ses tableautins, ses dessins, ses vieilles estampes, et le temps s'envolait, rapide, à cet examen. Ce n'étaient pas des œuvres promises à la gloire ultérieure d'un Louvre, des œuvres pour la possession desquelles on eût été en droit, sans déraison, d'échanger une fortune ; mais c'étaient cependant des morceaux de choix, qui dénotaient, de la part de celui qui les avait réunis, un sens très affiné des choses de l'art et un amour passionné de la couleur et du trait.*

*Jusqu'au plafond, le long des murs, les cadres montaient, sans un espace perdu, en une mosaïque où toutes les écoles modernes étaient représentées par des notes originales, caractéristiques, dont pas une ne paraissait —*

*et n'était en effet — indifférente. Les hommes célèbres y coudoyaient les inconnus, et chacun, par un sentiment très digne d'être loué, recevait du collectionneur sa part égale de tendresse et d'admiration. Si Bodinier montrait avec orgueil tel Corot exquis, peint sur une ardoise, et ayant appartenu à Roqueplan; tel Oudry, imaginant en un tableautin délicieux, l'illustration de la fable de La Fontaine,* le Coq et la Perle; *telle copie de Delacroix, par Manet; telle autre copie admirable de Rubens, par Bonington; tel Bonvin* (l'École des sœurs); *tel Lépine, tout enveloppé de lumière fluide; tel Philippoteau (esquisse définitive du combat de Stolbach); tel portrait de George Sand, par Couture, il montrait avec une fierté légitime une infinité d'œuvres signées de noms encore obscurs, en quoi il devinait avec justesse, — et il s'en expliquait avec un enthousiasme communicatif, — le nom des maîtres de demain.*

*J'ai revu l'autre matin, chez Bodinier, toute la petite galerie de la Bodinière, cette galerie dont les éléments vont être dispersés, parce que l'homme qui fut l'ouvrier attentif et zélé de leur réunion n'a plus de murs suffisants pour les suspendre — et aussi peut-être parce que l'occupation que lui donne l'organisation de sa vente trompera son essentiel besoin d'activité.*

*J'ai revu tous ces tableaux, et j'ai été surpris agréablement de la qualité d'art qu'ils reflètent ou de l'intérêt d'à-côté qu'ils présentent; car vous entendez bien qu'on n'a pas été pendant des années mêlé à la vie d'un théâtre comme la maison de Molière, si justement fière de son musée, sans prendre le goût des portraits et des documents à l'aide desquels les historiens à venir pourront ressusciter les époques disparues.*

*Aussi, à côté des amateurs de peinture, les fervents de théâtre feront bien de ne pas laisser passer l'exposition de cette collection — le mot collection n'est pas trop ambitieux ici, quoi qu'en dise Bodinier, par pure modestie — sans y venir jeter un coup d'œil.*

*Ils y verront une très curieuse grisaille du* XVII^e^ *siècle, où Louis XIII assiste à la représentation d'une comédie de Richelieu; l'esquisse très poussée du tableau de Heim, qui nous fait connaître comment se faisaient les lectures à la Comédie, du temps de Ducis; l'esquisse du portrait de* Talma mourant, *par Robert-Fleury; le profil de Coquelin aîné, jeune, par Joseph Blanc; le foyer de la Comédie par Geoffroy, très curieux ensemble de portraits, parmi lesquels, entouré des plus jolies comédiennes, apparaît Arsène Houssaye, alors directeur — ceci n'est pas d'hier! — et tant d'autres œuvres que je ne puis citer dans ces lignes rapides.*

*Et quand on a donné un regard aux souvenirs de théâtre, voici qu'on est ramené à l'art par une foule de tableaux, paysages et figures d'une incomparable séduction :* la Prière du soir, *une puissante étude de Chartran, datée de Venise 1886;* Ixion sur la roue, Job sur son fumier, *de Bramtot, mort si prématurément; les portraits de ses père et mère, par Ulysse Butin, deux rudes figures que signerait un primitif flamand; deux marines de Ricard Cordingley, un disparu, qui me sembla promis pour une carrière géniale, et dont on a perdu la trace depuis des années; un profil d'Espagnole, par G. Vibert; un* Magicien, *par Carolus Duran (est-ce que ce magicien ne serait pas Camille Flammarion, il y a quelque vingt ans?); des coins de nature, véritables pages d'anthologie, de Albert Dagnaux, Maurice Lévis, Damoye, Rudoph Ernst, Montenard, Schuller, Boudin, Joseph Bail, Bastien-Lepage, Nanny Adam; un cavalier de Meissonier; des intérieurs de Maurin, un maître qui depuis vingt ans s'obstine à vivre obscurément, mais dont l'heure approche, où, par la force du talent, il se verra jeté en pleine lumière...*

*Mais pourquoi les citer? Il n'est pas possible que les connaisseurs n'aient pas les yeux attirés par ces notes d'art sincères, personnelles toujours, émouvantes souvent, que Bodinier avait eu le tact renseigné de réunir, et dont il ne se sépare qu'à regret. Qu'importe! Il leur a dû de grandes joies; et puis, l'amateur est un malade incurable : un temps, on croit s'être guéri; on éloigne de soi tous les témoins de l'ancienne folie, puis l'on y revient avec une ardeur nouvelle.*

*Bodinier, c'est moi qui vous le dis, vous referez une nouvelle collection : je vous souhaite seulement d'être aussi heureux, en constituant la seconde, que vous le fûtes dans le choix de toutes ces œuvres dont la dispersion est prochaine.*

*L. ROGER-MILÈS.*

# TABLEAUX

## ADAM (Nanny)

1 — Paysage d'Algérie.

Signé en bas à droite.

T. — H., $0^m,54$. L., $0^m,82$.

## BASTIEN-LEPAGE

2 — Marine.

Signé à gauche.

Bois. — H., $0^m,23$. L., $0^m,32$

## BAIL (Joseph)

3 — Les Roses trémières.

Signé en bas à droite.

T. — H., $0^m,46$. L., $0^m,55$.

2

## BAIL (JOSEPH)

4 — Gibier, nature morte.

Signé en bas à droite.

T. — H., $0^m$,35. L., $0^m$,44.

## BEROUD (LOUIS)

5 — Le Salon carré du Louvre : La Femme au châle.

Signé en bas à gauche.

T. — H., $0^m$,40. L., $0^m$,32.

## BERTON (PAUL-ÉMILE)

6 — La Barque à marée basse.

Signé à droite en bas.

B. — H., $0^m$,41. L., $0^m$,25.

## BLANC (JOSEPH)

7 — Portrait de Coquelin aîné.

Signé en haut à droite.

T. — H., $0^m$,75. L., $0^m$,55.

## BOUDIN

8 — Le Port.

Signé en bas à droite.

B. — H., 0m,21. L., 0m,32.

## BRAMTOT (Alfred)

9 — Ixion sur la roue.

Signé en haut à gauche.

T. — H., 0m,40. L., 0m,30.

10 — Job sur son fumier.

Signé en bas à gauche.

T. — H., 0m,37. L., 0m86.

## BUTIN (Ulysse)

11 — Paysans et paysannes.

Deux portraits dans un même cadre.
Signé en bas à droite.

T. — H., 0m,16. L., 0m,11.

## CAROLUS-DURAN

12 — Le Magicien.

Signé en haut à droite. Daté 93.

T. — H., 0m,73. L., 0m,66.

## CHARTRAN

13 — Prière du soir sur l'Adriatique.

Signé en haut à droite.

T. — H., 0,m56. L., 0m,40.

## CHÉRET (Jules)

14 — Affiche pour son Exposition à la Bodinière.

## COGNIET (Léon)

15 — Paysage italien.

Signé en bas à gauche. Daté de 1863.

B. — H., 0m,20. L., 0m,29.

## COROT

16 — Les Lavandières. Étude.

Cachet de la vente en haut à droite.

B. — H., 0m,12. L., 0m,23.

17 — Sous bois.

Peinture sur ardoise avec dédicace.

Signé en bas à droite.

Derrière on lit : « Étude de Corot faite sur une ardoise tombée du toit de sa maison de Ville-d'Avray et offerte à Nestor Roqueplan lors d'une visite au Maître. »

H., 0m,22. L., 0m,12.

## CORDINGLEY (Ricard)

18 — Marine.

Signée en bas à gauche.

H., $0^m$,38. L., $0^m$,55.

19 — Marine.

Signée en bas à droite.

H., $0^m$,38. L. $0^m$,55.

## COUTURE

20 — Portrait de George Sand.

Carton. — H., $0^m$,37. L., $0^m$,30.

## DAGNAUX

21 — Domrémy (Maison de Jeanne d'Arc).

Signé en bas à droite.

T. — H., $0^m$,32. L., $0^m$,41.

## DAMOYE

22 — Paysage : Le Ruisseau.

Signé en bas à gauche.

T. — H., $0^m$,43. L., $0^m$,82.

## DIAZ

22 *bis* — Fleurs, Roses.

Signé en bas à gauche.

## ERNST

23 — Paysage.

Signé en bas à droite.

B. — H., $0^m$,45. L., $0^m$,55.

## FOURNIER (Louis-Édouard)

24 — Jehan Pic de la Mirandole.

Signé en bas.

Toile forme ronde. — H., $0^m$,29. L., $0^m$,29.

## FLEURY (Robert)

25 — Esquisse de la mort de Talma.

T. — H., $0^m$,22. L., $0^m$.22.

## ÉCOLE FLAMANDE

26 — La Comédie devant Louis XIII, la reine et Richelieu.

Grisaille.

B. — H., $0^m$,30. L., $0^m$,39.

## GAGLIARDINI

27 — Une Barque sur la grève.

Signé en bas à droite.

B. — H., $0^m$,18. L., $0^m$,28.

## GARNIER (Jules)

28 — Les Courses.

T. — H., $0^m$,32. L., $0^m$,46.

## GARNIER (Jules)

29 — Mandoliniste.

Signé en haut à droite.

B. — H., 0m,18. L., 0m,14.

30 — Une Servante.

Signé en haut à droite.

B. — H., 0m,18. L., 0m,14.

## GUERAN DE SCEVOLA

31 — Sarcey à la Bodinière.

## HEIM

32 — Une lecture à la Comédie-Française. Esquisse.

T. — H., 0m,25. L., 0m,39.

## IBELS

33 — La Mine.

Signé en bas à gauche.

B. — H., 0m,20. L., 0m,32.

## JEANNIN

34 — Fleurs.

Signé en bas à droite.

T. — H., 0m,27. L., 0m,35.

## KOETSCHET

35 — Le Quai aux vins à Bercy.

**Signé en bas à droite.**

B. — H., 0m,27. L., 0m,35.

## LAGRENÉE

36 — Portrait de Mlle Georges de la Comédie-Française.

T. — H., 1m,92. L., 1m,37.

## LANDELLE (Charles)

37 — Italienne puisant de l'eau.

**Signé en bas à droite.**

B. — H., 0m,17. L., 0m,10.

## LÉPINE

38 — Village ; bord de rivière.

**Signé en bas à gauche.**

T. — H., 0m,23. L., 0m,31.

## LEVIS (Maurice)

39 — Paysage au pont de Cé.

**Signé en bas à droite.**

B. — H., 0m,19. L., 0m,26.

## ROYER (Lionel)

40 — Quatre panneaux décoratifs dans un même cadre.

Le Laboureur.
L'École.
Le Bataillon scolaire.
Les Faucheurs.

Signé en bas à droite, sur le panneau : *le Bataillon scolaire.*

Bois, chaque panneau : H., 0m,36. L., 0m,61.

## LOUSTAUNEAU

41 — Officiers du Génie.

Signé en bas à droite.

B. — H., 0m,32. L., 0m,24.

## MANET

42 — La Barque du Dante, d'après Delacroix.

T. — H., 0m,38. L., 0m,46

## MONTCHABLON (Jean)

43 — Bord de rivière.

Signé en bas à gauche.

T. — H., 0m,32. L., 0m,46.

## MONTCHABLON (JEAN)

44 — Les Roches moussues.

Signé en bas à droite.

T. — H., 0m,32. L., 0m,45.

## MONTENARD

45 — La route de Toulon.

Signé en bas à droite.

T. — H., 0m,38. L., 0m,57.

## MOREAU-VAUTHIER

46 — Tête d'Homme. Étude.

Signé en haut à gauche.

T. — H., 0m,40. L., 0m,32.

## OUDRY (J.-B.)

47 — Le Coq et la Poule.

Initiale en bas.

## PALIZZI

48 — Les bords de la Seine au-dessus de Charenton.

Signé en bas à droite.

T. — H., 0m,16. L., 0m,21.

## PHILIPPOTEAU

49 — Esquisse du Combat à Stolbach.

T. — H., $0^{m}$,26. L., $0^{m}$,59.

## PIET

50 — Le Marché de la Place Clichy.

Signé en bas à droite.

Carton. — H., $0^{m}$,27. L., $0^{m}$,35.

## PINEL

51 — Enfant Algérien.

Signé en bas à gauche.

T. — H., $0^{m}$.46. L., $0^{m}$,32.

## PINTA (H.)

52 — La Courte Échelle.

Signé en bas à droite.

Carton, forme ronde. — H., $0^{m}$,20. L., $0^{m}$,20.

## ROCHEGROSSE

53 — Le Tableau d'Histoire.

Grisaille.

Signé en bas à droite.

B. — H., $0^{m}$,33. L., $0^{m}$,24.

## RUDEAUX

54 — Le Péage du Pont.

Signé en bas à droite.

B. — H., 0m,17. L., 0m,11.

## SCHOMMER

55 — Esquisse du tableau d'*Edith*.

Signé en haut à droite.

T. — H., 0m,52. L., 0m,40.

## STECK

56 — Portrait de Rochegrosse.

Signé en bas à droite.

Carton. — H., 0m,54, L., 0m,31.

## THOMAS (Paul)

57 — Portrait du Grand-Père.

Signé en bas à droite.

B. — H., 0m,19. L., 0m,15.

## TROYON

58 — Les Bûcherons. Esquisse.

T. — H., 0m,42. L., 0m,32.

## TOUDOUZE

59 — Joueur de Guitare.

Signé en haut à droite.

B. — H., $0^m$,27. L., $0^m$,35.

## VERNET (Horace)

60 — Dumouriez et son état-major à la bataille de Jemmapes.

T. — H., $0^m$,39. L., $0^m$,49.

## VOGLER

61 — Marine. Effet de neige.

Signé en bas à gauche.

T. — H., $0^m$,49. L., $0^m$,65.

62 — Sous ce numéro seront vendus les tableaux non catalogués.

# AQUARELLES

## PASTELS, DESSINS, GRAVURES

ANDREAS

63 — A la Bodinière.

BAC (FERDINAND)

64 — Au Bal de l'Opéra.

BARRAT (PIERRE-MARTIN)

65 — Portrait de Voltaire à Ferney.

Pastel, 1774.

BASTIEN-LEPAGE

66 — Tête d'étude.

Fusain.

## BÉRAUD (JEAN)

67 — Portrait de Coquelin aîné.

Dessin.

## BONNAT

68 — Douleur.

Dessin à la plume.

## BOULANGER (L.)

69 — Faust et Ophélie.

## BOMPRANI

70 — Italienne.

Aquarelle.

## BRESLAU (L.)

71 — Étude de Femme.

Pastel.

## CARAN D'ACHE

72 — Porte-drapeau de Uhlans.

Dessin.

## CICÉRI

73 — Projet de décors.

## COROT

74 — Paysage.
Fusain.

## DAUBIGNY

75 — Bords de Rivière.
Fusain.

## DIAZ

76 — Une Espagnole.
Dessin.

## DETAILLE (Éd.)

77 — Croquis de soldats en campagne.

## DEMONT-BRETON (Virginie)

78 — Le Repos au champ.

## FRAIPONT

79 — Portrait de M^lle^ Reichemberg.

Aquarelle.

## GUERAN DE SCÉVOLA

80 — Sarcey à la Bodinière.

Gouache.

## GÉRARD (Gaston)

81 — Fileuse lisant.

## GUT

82 — Portrait de M^lle^ Reichemberg.

Dessin sanguine.

## HEIM

83 — Portrait de Victor Hugo.

Dessin (1846).

## IWIL

84 — Entrée du port de Rouen.

ROYER (Lionel)

85 — Deux dessins : la Comédie et la Tragédie.

LABAUDIE

86 — Portrait de Régnier, de la Comédie-Française.

LEPAULLE

87 — Portrait d'Alfred de Musset à vingt ans.

MILLET (J.-F.)

88 — Paysanne.

**Dessin fusain.**

MÉAULLE

89 — Le Soir.

**Aquarelle.**

MEISSONIER

90 — Officier de la première République.

**Dessin à la plume.**

## MARIE (Adrien)

91 — Monsieur Scapin.

Dessin.

92 — Portrait de Delaunay.

Dessin.

## MARY

93 — Portrait de Cléo de Mérode.

## MAZELINE (Jeanne)

94 — Pommier en fleurs.

Aquarelle.

## MERSON (L.-O.)

95 — Jeanne d'Arc.

Dessin.

## MORAND (Eugène)

96 — Nature morte : Fruits.

Aquarelle.

## MONNIER (Henry)

97 — Portrait d'Arnal.

Dessin.

## MORAZZI

98 — Portrait de Lhéritier.

Un coin de l'Hôtel des Ventes.

Rochefort et quelques personnages.

## PIET

99 — Le Marché de la Place Clichy.

## PINTA

100 — La Courte Échelle.

## POPELIN (G.)

101 — La Souris blanche.

Aquarelle.

## RENOUARD (Paul)

102 — Chevreul : « Je ne suis pas de ceux qui font descendre l'homme de l'orang-outang. »

Dessin.

RENOUARD (Paul)

103 — Jeune fille accordant son violon.
Dessin.

104 — La Feuille de présence.

105 — Gambetta à la tribune : « Nous irons jusque dans leurs tanières ».
Dessin.

106 — Le Repos des danseuses.
Dessin.

107 — La Sortie de prison.
Dessin.

REGNAULT (Henry)

108 — Tête algérienne.

109 — Étude : Automédon.
Dessin.

ROBIDA

110 — Dessin à la plume.

111 — Dessin à la plume.

## STEINLEN

112 — Dessin pour *le Vagabond.*

Dessin.

113 — Deux esquisses.

Dessins.

114 — Le Baiser.

Dessin rehaussé de pastel.

## SAINT-AUBIN

115 — L'Oiseau s'envole.

## SINET

116 — Yvette Guilbert chez elle.

Pastel.

## VIBERT (J.-G.)

117 — Une Espagnole ; étude.

Aquarelle.

WINCKER (G.)

118 — Portrait de Mme W.

YON (Edmond)

119 — Paysage; bord de l'eau.
Pastel.

TROYON

120 — Bœuf; étude.
Dessin.

121 — Sous ce numéro seront vendus les aquarelles et dessins non catalogués.

10388. — Lib.-Imp. réunies, rue Saint-Benoit, 7, Paris.

## Supplément au Catalogue

### BOILLY

1 *bis* — Portrait de Casimir Delavigne.

### GEFFROY

2 *bis* — La Comédie-Française en 1850.

Arsène Houssaye est entouré des artistes de la Comédie.

### LAVASTRE

3 *bis* — Décor du deuxième acte de *Ruy Blas*.

### SAINTIN

4 *bis* — Portrait de Coquelin aîné en Scapin.

www.ingramcontent.com/pod-product-compliance
Ingram Content Group UK Ltd.
Pitfield, Milton Keynes, MK11 3LW, UK
UKHW032017260826
14628UKWH00006B/2545

9 782329 462318